KB146089

허허, 참 그렇네

박희홍 제3시집

시음사
시사랑음악사랑

QR코드 스마트폰으로 QR 코드를 스캔하면
시낭송을 감상할 수 있습니다

 본문
시낭송
감상하기

 제목 : 장미 소고小考
시낭송 : 박영애

 제목 : 어깃장 놓기
시낭송 : 박영애

 제목 : 너그러움의 거울
시낭송 : 박영애

 제목 : 찬찬한 손길
시낭송 : 박영애

 제목 : 미로 같은 시간
시낭송 : 박영애

 제목 : 치자꽃 연가
시낭송 : 박영애

 제목 : 남은 미련
시낭송 : 박영애

 제목 : 해로偕老
시낭송 : 박영애

시인은 자연을 이야기하고 시낭송가는 자연을 품었다
글자는 날개를 달아 언어로 날고 소리는 자연에 눕는다

✻ 목차 ✻

* 목차 *

∗ 목차 ∗

☆ 중년; 인생의 거울

* 목차 *

바람아 너는 알고 있니

네가 바람꽃이라고
나도바람꽃인데
우린 그럼 쌍둥이니까
쌍둥이바람꽃이다

지천명의 남자가
홀로 살아가니
홀아비바람꽃이고
해수咳嗽 앓는
할아버지가 쿨룩거리니
가래바람꽃이다

봄에는 매화바람꽃
가을엔 국화바람꽃
숲에는 숲바람꽃
들에는 들바람꽃이 인다

올여름엔
바이칼바람꽃 타고
바이칼호수로 떠나 보세
그때는 시원한
남방바람꽃 살랑일 것이다

※ 바람아 너는 알고 있니

2월의 빛깔

키는 작아도
의젓한 기운 감도는
한 해의 시작을 알리는
입춘이 살아가는 집에

봄이 밀려오는 소리
들리지 않아도
꼬르륵꼬르륵 흐르는
산골 물길 따라
겨울이 꼼지락꼼지락
달아나는 소리

맑고 단아하고 도도한
매화 향기 그윽하고
언 땅을 뚫고 화려하게
꽃 피운 복수초와 수선화
발길을 사로잡고

바람꽃 일렁이는 훈풍에
봄날의 문이 활짝 열리네

봄비 내리는 소리

너의 웃음소리가
땅심을 흔들어
새싹이 솟아나고
꽃을 피워내니

너의 웃음소리는
정녕
새 생명을 위해
하늘에서 내리는
신령한 단물이며

한추위에도
봄이 무사히
건너올 수 있게 하는
계절의 출렁다리

바람아 너는 알고 있나

꽃샘잎샘

겨울인지 봄인지
구분되지 않는 입춘
매화는 고고하게 피어
향기를 총총히 보내는데

겨울이 떠나는 길에
칠칠찮게 두고 온 것 있냐
뒤돌아서서 떠나기 싫다며
소소리바람이 매섭게 울부짖으니
잎샘일까 꽃샘일까

잠시 잠깐 날뛰며
몸살을 앓고서
살짝살짝 엿보는
봄볕과 명주바람에
언제 그랬냐는 듯

도둑이 제 발에 절어
뒷걸음치며 냅다
도망쳐 가버렸냐
도무지 보이질 않더라

희망의 봄

제법 매서운 추위에 떨던
파리한 긴 시간이
지나가는 줄 모르는 사이에
비와 바람 따라
활기찬 생명이 솟아올라
자고 나면 차가운 가슴에
웃음꽃 벙글게 불을 지피니
사방팔방에
황홀한 연둣빛 잎을 피워낸다

숨죽여 움츠렸던 봄은
비와 바람이 가져다준
에너지로 충전하고서
어둠의 베일 속에서
앞서거니 뒤서거니 서로를 격려하며
강강술래 하듯이 빙빙 돌며
용트림하듯 솟아올라
사방팔방에
황홀한 연둣빛 잎을 피워낸다

새 희망의 존재인 봄날이여
연년세세 우리에게 왔다 가다오

바람아 너는 알고 있니

장미 소고小考

오뉴월의 어둠을 밝히려
온몸을 불사르면서도
연약함을
앙칼진 가시로 감춘 너

반갑고 곱다고
함부로 가까이하려다
상처 입고
망신당하기 부지기수

도도한 물결 속에
각양각색으로 치장해도
가장 멋져 분 것은
역시나 얼굴에 번진 붉음

그 어떤 사랑의 불꽃도
오뉴월을 시뻘게 달군
너의 생기발랄한
연지처럼 붉지는 않으리

제목 : 장미 소고
시낭송 : 박영애
스마트폰으로 QR 코드를 스캔하면
시낭송을 감상할 수 있습니다

바람아 너는 알고 있니

봄봄

너를 기다리는
마음에서 희망을 봄

그러기에
모두가 좋아하는 봄

지천으로 푸르고
알록달록 꽃 피우는 봄

선걸음에 푸른 잎과
형형색색의 꽃을
마중 나가고픈 봄

평생 함께하고 싶어도
붙잡아 둘 수 없는 봄

너 있어 한철이
살맛 나는 따스한 봄

너 없는 봄
상상할 수 없는 봄 봄 봄

✷ 바람아 너는 알고 있니

은혜로운 벌 나비

농부의 수고 덜어주려면
꽃 피었으니 어서 오너라
꽃구경하고 맛난 꿀 먹고
꽃술 희롱해 열매를 맺게
좋은 일 하면 너희도 좋지

꽃필 적이면 보이질 않아
어디로 갔나 걱정했지만
너희를 보니 너무 반가워
행복한 미소 절로 나오고
물큰한 향기 설렘 가득해

봄이 주는 선물

비가 그치고서 날이 청명하자
여기도 저기도 온통 초록 세상

푸르른 빛깔은 봄날의 경연장
하늘과 바다가 묵언하는 시간

노란색 산수유 보라색 노루귀
하이얀 목련이 피어나는 기쁨

실패한 인생도 멋진 인생으로
변할 수 있다며 꿈을 가지란다

✱ 바람아 너는 알고 있니

봄 교향악

울타리 안팎 노랑 개나리
금방 자연 부화한 병아리
따스한 바람 그리운 한낮

위대한 하늘이 내린 선물
강산풍월의 아름다움을
손에 손잡고 구경 가보세

봄이 주는 행복

누가 먼저라 말하기
참으로 쑥스러운
매화와 생강나무꽃을
삐딱하게 추켜올린
도다리 눈으로 볼 일 아니다

반갑게 맞이하면 될걸
누가 쪼끔 먼저 온다 한들
또 어떠냐, 기쁨 넘쳐나는
선물을 가져오고 나면

산수유 개나리 목련 등
갖가지 화사한 색깔의 꽃이
줄줄이 뒤따라 다가와
우리 눈을 호강시키고
마음을 온유하게 하면서

색의 조화로움 속에
부지런히 달려온 봄은
우리를 소담한 초록의 활기찬
매력에 빠져들게 할 것인데

※ 바람아 너는 알고 있니

산수유 피면

꽃샘잎샘 추위에도
노랗게 송골송골
용수철처럼 솟아올라
눈부시게 시리고

온갖 꽃들이 피는
속도를 조율하며
멋 자랑 경연 대회를
연출하는 봄날의 연출가

단침 넘어가게 하는
가을볕에 붉게 물든
눈을 멀게 하는
반짝 황홀한 루비

힘들게 넘나들던
보릿고개 시절
부모 자식 사이의
끈끈한 정을 이어주던
보배로운 대학 나무
영원불변의 사랑 나무

모란과 작약

대지를 덮는 정열의 꽃
진한 향 붉은 부귀화
언니 모란이 가고 나니

가슴 설레게 하는 수줍음에
환하게 함빡 웃는 함박꽃
동생 작약이 뒤따라온다

자웅을 가릴 수 없는
탐스러운 자태에
분간하기 쉽진 않아도

너희의 상큼한 향기에
가슴 벅차게 차오르는
봄기운으로
인생은 살찌고 아름다워라

바람아 너는 알고 있니

오뉴월의 눈

보릿고개 넘느냐
얼마나 고생했냐며
이팝, 조팝 쌀 꽃나무
눈처럼 소복이 쌓이고

아카시아가 찾아와
요기나 좀 하라며
단내 풍기는
하얀 쌀 뻥튀기를 주고

이팝, 조팝, 아카시아 떠나니
등에 붙은 뱃가죽
일으켜 세워보라며
쑥쑥 새순을 밀어 올리며
눈 같은 찔레가 피어나는

오뉴월에 볼 수 있는
봄날의 진풍경
화이트 크리스마스

어깃장 놓기

꽁보리밥 가운데
한 줌 쌀 넣고 뜸 들인
할머니 밥에 군침이 돌아
먹고 싶은 마음에
안달이나 배가 아프다며
쪼그리고 누워있는데

엄마가 잠깐 뒤뜰
정구지 밭에 가고 없는 사이에
내 꽁보리밥 그릇을 재빨리 비우고
쌀밥을 몽땅 퍼 담고서
나를 깨워 밥 먹자는 할머니

엄마한테 들켜 꾸중을 들을까 봐
마파람에 게 눈 감추듯이
허둥지둥 게걸스레 먹고 나서
노루가 껑충껑충 뛰어가듯이
곧장 가뿐하게 줄걸음을 쳐 버렸으니
지금쯤 엄마는 벼르고 있을까

제목 : 어깃장 놓기
시낭송 : 박영애
스마트폰으로 QR 코드를 스캔하면
시낭송을 감상할 수 있습니다

✽ 우리말·글 사랑

짓궂은 비와 바람

비와 바람은
술에 취한 듯
웅성웅성 시끌벅적
왁자지껄
한통속이 되어 찾아온다

비와 바람의 세기에 따라
노래의 빠르기와
소리의 높낮이가
왔다리 갔다리 마음대로다

바람이 강울음을 읊어대도
비는 내리지 않고
노랫소리만 시끄럽게
맴맴 돌고 돌아
마음이 어수선하고
아슬아슬할 때가 있다

너그러움의 거울

몹시 외롭고 쓸쓸하고 힘들어도
얼굴빛 하나 달라지지 않고
그리움이 밀려올 땐 덮어두고
밀려가면 곱씹어가며 한숨으로
뭉친 옹이를 달래며 사는 어머니

찬웃음 비에는 갑자기 솟아오르고
배알이 치밀어 오를 때면 생겨나는
까칠하고 울퉁불퉁한 돌멩이 같아도
포근한 웃음 비, 쏟아질 때는
언제 그랬냐는 듯이 온데간데없이
넉넉하고 따뜻한 밝은 낯빛의 어머니

마음이 쓸쓸하고
가슴이 메마른 것 같지만
잔물결과 고요한 새소리를 동무 삼아
혼자서 중얼중얼 노래를 부르며
살갑고 따스함으로 달구어진
보드랍고 넓디넓은
참고 견딤의 거울인 어머니
더할 나위 없이 높고 깊은
가슴 저미게 하는 올곧은 사랑

제목 : 너그러움의 거울
시낭송 : 박영애
스마트폰으로 QR 코드를 스캔하면
시낭송을 감상할 수 있습니다

❀ 우리말·글 사랑

된서리

이파리 떨어지니
덩그맣게 드러난
우듬지에 까치집

지난밤 된바람에
산꼬대 일렁거려
서리 서리꽃 피어

새벽 동살에 반짝
별처럼 빛나지만
얼마나 추웠을꼬

근심이 앞장서네

* 된서리 : 매섭고 사나운 재앙이나 타격을 비유적으로 이르는 말.
* 덩그맣다 : (무엇이) 외따로 떨어져 있다.
* 우듬지 : 나무줄기의 끝부분.
* 된바람 : 몹시 빠르고 기세 있게 부는 바람.
* 산꼬대하다 : (바람이) 밤중에 산 위에서 몹시 불어 추워지다.
* 동살 : 새벽에 동이 트면서 환하게 비치는 햇살

나그네의 시골 마을

참다운 동무들은
어린 나이에 모두 떠나
젊은이라고는 살지 않아
늙은 아비 어미의
그리움만 남은 눈먼 시골

줄곧 해마다 찾아가 보면
집마다 지붕에는 풀포기가
제집 마냥 군데군데
얼키설키 제멋대로 자라고

개 짖는 소리와
닭 울음소리마저 멈춰
하늘과 바람 소리
을씨년스러운 날

길고양이가 호리더니
늘 보던 사람 아니라고
본체만체 가버리니
볼품없는 나그네 몰골
찬 대궁밥 같은 터수여라

* 대궁밥 : 먹고 그릇에 남긴 밥.
* 터수 : 살림의 형편이나 정도.

★ 우리말·글 사랑

저버린 믿음

오르지 못할 나무
쳐다보지 말고
나더러 함께 일하자며
우격다짐하듯 하더니

어느 틈에 스리슬쩍
구렁이 담 넘어가듯
뻔한 거짓부렁이로
능글맞게 혼자서
대뜸 통째로 삼키다니

믿는 도끼에 발등 찍혀
내 삶이 어처구니없이
무너지는 꼬락서니라니
헛웃음에 낯부끄럽고 계면쩍었지만

이제는 여러 일을 하면서
겪고 겪는 터라
어느새 무젖어 대수롭지 않게
생각했더니 홍두깨에 꽃이 피더라

* 계면쩍다 : 몹시 미안하거나 쑥스러워 어색하고 부끄러운 감이 있다.
* 무젖다 : 환경이나 상황 따위가 몸에 배다.
* 홍두깨에 꽃이 핀다(속담) : 뜻밖에 좋은 일을 만남을 이르는 말.

찬찬한 손길

겨울 김장철이면
울안의 가장자리에
김칫독과 무를 묻던
얼어 곱은 어머니의 차디찬 손

밤늦도록 가마니를 짜다
출출하면 배추뿌렁구를 깎아
배고픔을 달래주던
거친 어머니의 수세미 같은 손

할아버지의 나들잇길 겉옷을
구김살 없게 온갖 힘을 다해
정갈하게 다림질한 두루마기
어른을 받듦이 깊은 어머니

까칠하지만 아늑하고 부드럽던
쭈그러진 손을 만져 볼 수 있던
그때 그날들의 따뜻함을 잊지 못해
허전함과 그리움이 앞서곤 한다

제목 : 찬찬한 손길
시낭송 : 박영애
스마트폰으로 QR 코드를 스캔하면
시낭송을 감상할 수 있습니다

★ 우리말·글 사랑

덧없이 흐르는 삶

고독한 질곡의
인생길은
물음표일까
느낌표일까

스스로 묻고 나서
느끼는 것은

물음표와
느낌표가
서로 넘성거리니

물음표 같기도
느낌표 같기도 해
갈피를 잡을 수 없게
옥죄이며 갈마드는
두름성 없는 옥생각

* 넘성거리다 : 자꾸 넘어다보다.
　　　　　　남의 것을 탐내어 가지려고 자꾸 기회를 엿보다.
* 갈마들다 : 서로 번갈아 나타나다
* 두름성 : 일이 잘되도록 이리저리 힘쓰거나 처리하는 솜씨
* 옥생각 : 너그럽지 못하고 옹졸하게 하는 생각

미망未忘의 오월

짙푸른 나무들도
그날의 아픔을 아는지
어지러이 흐느끼고
아카시아와 오동 향기 그윽해도
그날의 피비린내를 씻을 수 없나 보다

은혜와 감사의 달이라고
눈·귀를 즐겁게 하는 정겨운 풍경에
웃음소리 그리도 좋건만
어이하여 통곡의 소리로 들릴까

엄니의 한 맺힌 절규에
나도 그만 울고 말았소
그라믄 못써요
이제 날 놓아주고
엄니 몸 잠 챙기시오

나도 이제 내 몸 챙길 나요
그러고 훗날 좋은 곳에서
방긋 웃는 낯으로 만나 붑시다
가슴에 백힌 말하고 나니
인자 좀 마음이 편하요
엄니도 그랬으면 좋겠소

✻ 유월의 혼단魂斷

어쩌다 이제야

따사로운 봄날
영취산을 불 지펴
분탕질하더니만
흔적 찾을 수 없다

가을 끝자락에
숨죽여 가며
홀로 고아하게 웃지만

오가는 사람이
눈길 한번 주지 않으니
쓸쓸하고 외롭다

그러니 다음 생에는
제철 끝자락일망정
떡하니 한 자리 차지하여
함께 어울리려무나

* 영취산 : 전남 여수시에 있는 산(510m).
  키가 낮은 진달래가 약 15만평에 군락을 이룸.
* 분탕질하다 : 아주 야단스럽고 부산하게 소동을 일으키는 짓을 하다.
* 고아高雅하다 : 뜻이나 품격 따위가 높고 우아하다.

생각의 굴레

세상살이 생각해보면
별로 부족한 것도
남은 것도 없는 그런 세상

실패했다 해도 성공했다 해도
생각해보면
별로 실패한 것도
성공한 것도 없는 그런 세상

슬픈 일도 기쁜 일도
고개 숙여 울어도
고개 들어 웃어도
생각해보면
별로 슬픈 일도
기쁜 일도 없는 그런 세상

인생살이
그대 생각에 따라
불행하기도 하고 행복하기도 하며
굴욕적이기도 하고 고귀하기도 한
그런 세상

유월의 혼련

유월

밤에는 소쩍새 울고
낮에는 뻐꾸기 울어
하얀 감자꽃 피어
개골개골 하느작거리는
삶의 갈림길 유월

향기로운 푸른 들판 위를
산들바람이 스쳐 가며
구김살 하나 없는
흰 구름으로 꾸며놓은 하늘

기쁨과 즐거움으로 가득 찬
아름다운 풍경들
우리 인생도 저처럼
아름다운 날이길 기도하리니

땡볕 쏟아지는 날

아침 일찍 길을 나서려는데
간밤에 하늘에 무슨 사달이 났었나
험상궂게 인상을 잔뜩 찌푸려 잠포록해
하루를 어찌 보내야 할까 착잡한데

한나절이 지난 뒤에서야
일을 끝내고서 보니
살포시 붉은 웃음 웃기에
마음이 풀렸나 했더니

앙금이 가시지 않았을까
불볕더위를 몰고 와
비지땀투성이를 만들어
맥없이 허덕거리게 하는데

바람이 보기에 쩔쩔매는 모습이
꽤나, 안쓰러웠나
한숨 돌릴 수 있게
흰 차일 구름을 펼쳐주니
그 덕에 여름날
그럭저럭 견딜 만하다

여름 초입

벌 나비 따사로워
날갯짓 가벼이 춤추고

따끈한 햇살이
잔바람에
너풀너풀 춤을 추고

개구리
살 것 같다며
팔딱팔딱 춤을 추고

쑥버무리 입안에서
오물오물하는 사이에
봄날이 가네

유월의 혼령魂靈

살다 보면 크고 작은
아픈 일 많고 많은 날
그래도 기쁨 한 바구니 놓아둘
가슴 한구석 비워 두었건만

야밤의 슬프디슬픈 개구리
울음소리에 닫혀버린 가슴

동족상잔의
크나큰 비극이 떠올라
오싹한 마음에 오금이 저려
건너가기 싫어지는
풋 비린내 나는
발걸음 무거워지는
유월의 밤 논둑길

쓸쓸하고 황망하게 떠나간
철모 쓴 비목의 한을 달래려
화들짝 피어난 보랏빛 오동의
진혼鎭魂의 나팔소리 그치자

진초록 들판과 산야가 흐느끼네

하지夏至 감자

연보랏빛 꽃이 피면
어린 나는 바빴다
꽃이 피기 전에
꽃대를 잘라야 하기에

왜 잘라야 하느냐 물으면
잔말 말고 시키는 대로 하라며
이따가 나중에 캘 때 보란다

장마 전에 캐야 하니
학교가 파하는 데로
득달같이 오라는 닦달에

한걸음에 달려와
캐는 걸 도우며 보니
씨알이 어른 주먹보다 크다

그때는 몰랐으나
늘그막에서야
어렴풋이 짐작이 가
계면쩍고 어색하다

그림자

어떤 사연 있길래
분신처럼 옆에 붙어
일거수일투족을 따라 하는
따라쟁이가 되었을까

해와 달의 장난질일까
중천에 오르면 작아졌다가
해 질 녘이면 웃자라는 것이
요술을 부리는 것 같다

절기節氣 따라
커졌다가 작아지고
뚱보처럼 되었다가도
오뚝이를 닮기도 한다

때로는 무섬증이 들 때도 있으나
따스하고 다정한 맛은 없어도
엉큼하고 음흉스럽지 않아
살아가는 동안
반드시 주인과 함께할
영원불멸의 길동무이자 동반자

거짓말

누가 최초로 발명했을까

나쁜 뜻인지, 좋은 뜻인지
판단하기 여간 어렵다

어떤 의미에서 건
의도적으로
해서는 아니 되는 것 아닐까

진실이 아니라 말해도
날개가 달려 이곳저곳을
마구 헤집고 다니며
눈덩이처럼 부풀려진다

문제가 되면
그런 뜻이 아니었다며
어물쩍 넘어가려 한다

태초부터 몸에 밴
유전인자가 흐르고 있어
막아보려 해도
어찌할 방도가 없는 것일까

엄마 마음

옹기종기
촘촘하게
알알이 붉다

보지 않고서
말소리만 들려도
입안에 침이
한가득 고인다

집 나갔다 돌아온
자식을 위해 준비한

정갈한 손맛에
옹골차게 채워진
어머니 표 밥상

유월의 혼전 魂

공감과 배려

얼마나 슬프면
주룩주룩 흘러내릴까
얼마나 기쁘면
자박자박 흘러내릴까

너로 인해
우리도 때로는
큰 시름에 빠져들거나
큰 기쁨에 푹 빠져든다

네게
적당할 때時나 양量이
우리에게도 반드시
그렇지만은 않다

서로의 마음을
헤아려 타협할 수 있다면
너로 인한
걱정거리가 줄어들 듯하다만

삶의 여정과 정情

스멀스멀
드는 줄 모르게
스며드는 정

비틀어 짜지 않아도
빠져나갔다가
스며드는 정

묻지 않아도
대답 없어도
그냥 느낌으로
알아차리는 정

우리라는 말
그것은
인정머리 넘쳐나는 정

백세시대의
긴 삶의 여정에
없어서는 아니 될 정과 정

오해와 진실 사이

독이라고 질겁을 하더니
어제부턴가 인체에 해가 없어
괜찮다고 하는데도
우리나라는 제한적으로 허용해
빵이며 음료수 등에 녹아들어 있다

무슨 사연이 있기에
해害가 없다는데
불신의 뿌리가 그토록 깊을까

지금 젊은이는 모르는
육십 년대 그 사건일까
아니야, 암을 유발한다니 그렇겠지

거짓은 가까이에 있고
진실은 멀리 있다는 말이
어쩌면 맞는 것도 같다
이처럼 쓴맛이 돌 때는
단맛을 내는 게 필요할 것도 같은데

모르면 용감해

그 사람 속에
들어가 보지도 않고서
그를 속속들이 잘 안다고
허허 웃기시네

잘난 척 작작 해
알아야 면장을 하지

이도 저도 모르면서
아무 곳 아무 때나 나서니
면장面墻이 따로 없다 하지
그러니
제 명대로 살고 싶으면

잦은 지청구 듣지 않게
안다니 짓 그만두는 것이
네게 이로울 것이야

43

그도 저도

순서順序라 말하든
차례次例라 말하든
그게 그건데
티격태격 말다툼한다

순서면 어떻고
차례면 어떻냐만

줄을 설 때마다
순서대로 서라면
그게 아니고
차례대로 서라고
채근하더니만

그의 이름이
순서일 줄이야
예전엔 미처 몰랐다

현자賢者인 어머니

구순의 어머니 말씀
나이 들었다는 것은
사리분별력이 생기고
누구에게나 관대해지고
마음이 너그러워지며

무엇이 그르고 옳은지
무엇이 나쁘고 좋은지
판단할 수 있게끔
지난날을 되돌아볼
소중한 기회라 한다

오늘, 누구에게나
소소하게 크고 작은
일이 주어질 것이니
그때그때
현자의 경험을 통한
지혜를 생각해 보라 한다

✽ 마음을 열어주는 그대

문득 생각남은

리스트의 '사랑의 꿈'을
빈혈을 앓는 사람처럼
정신 줄을 놓았는지
신들린 듯이 흔들거리며
건반을 두드리던 앳된 소녀

수많은 사랑의 계절이
흘러갔으니
꿈을 이루었는지
도무지 알 수 없으나

그날의 피아노 소리가
지금도 귓전을 맴도는 것은
'사랑할 수 있는 한 사랑하라'라는
찰나의 순간을 놓쳐버린
크나큰 아쉬움의 찌꺼기

해오라비난초

화려한 백로로 환생하여
우아한 면사포 쓰고
날 찾아온 예쁜 당신

당신이 떠나고 나면
꿈에서라도 만나고 싶은
버릴 수 없는 그리움에
눈물 흘리고 나면

즐거웠던 날들을
곱씹어가며 기다리다 보면
누가 볼 새라
눈 깜짝할 새에
은근살짝 다시 오겠지요

늘 함께하고픈
뜻이 곧은 선비를 닮은
나의 사랑, 사랑 꽃이여
기다릴게요

꽃피고 새우는 어느 봄날에
불현듯이 생각나면 돌아오세요

* 마음을 열어주는 그대

온전히 홀로인 시간

세상에 홀로 존재하는 것 있을까
요즈음 많은 사람이
홀로 지낸다고 한다
그렇다고 정말 홀로일까

바보상자에 눈을 팔거나
만능기계, 손전화기에
매달려 지내는데
이게 홀로일까
홀로 지내는 것 같아도
뭔가와 끊임없이
부대끼며 살아간다

정말로 홀로 있는 때란
물질과 잡생각에 대한
집착을 접어두고
무념무상에 빠져
명상하는 시간 아닐까

가끔은 나 자신에게
진정 홀로 있는 시간을
선물하며 살아가고 싶다

고마운 지킴이

왕복 4차선과 연결된
아파트 입구 사거리 신호등
아침부터 늦저녁까지
빨간불, 주황 불, 초록 불로
번갈아 가며 부산을 떨더니

주황 불과 초록 불 더러
야밤부터 꼭두새벽까지
푹 쉬라 하고서

혼자서 껐다 켰다
잠시도 쉬지 못하고
부지런히 움직이는 빨간불
외롭고 쓸쓸하고 피곤하겠다

❋ 마음을 열어주는 그대

마음을 열어주는 그대

진한 향이
코끝에 스미는 것은
그대가 내 곁에
다가오고 있다는 신호

꿈결에
정신 번뜩 차리게
콧노래 부르며
다가오는 그대는
입안에 감도는 그리움

미로 같은 시간

어제는
지나 가버린 희로애락

오늘은 결실을
거두어 드리면서
알 수 없는
내일을 위해 씨를 뿌리고

내일은 그 누구도
가 본 적이 없는
어두 컴컴한 동굴

그 속에
한 발짝 내딛는 순간
다람쥐 쳇바퀴 돌 듯 돌아
오늘은 어제가 되고
새로운 오늘이 되네

제목 : 미로 같은 시간
시낭송 : 박영애
스마트폰으로 QR 코드를 스캔하면
시낭송을 감상할 수 있습니다

51

✽ 마음을 열어주는 그대

침묵의 흉터

칠십 세월이 훌쩍 흘렀어도
다정다감했던 신혼 시절의
임 그리움을
가슴에 묻고 사는 어머니

갓난아기는
반년을 함께 했어도
모습 떠오르지 않은
먼저 멀리 떠나간
아버지가 보고 싶어도

수많은 세월의 흐름 속에
말없이 숨죽여
속으로만 삭여가며
가슴에 마르지 않은
샘 하나 두고서

고인 아픈 그리움을 퍼내며
야속한 인고의 세월을
견뎌내는 서글픈 사랑에도
당신을
미워하지 못하고 그리워하네

잠깐의 상념

고요한 아침의
다정한 새소리
지친 한낮의 시냇물 소리

땀 적신 몸을 식혀주는
잔잔한 바람과 양산陽傘 구름
하루를 마감하는 해 질 녘 산빛
한밤중에 배어나는 꽃향기

여름이
아무리 덥다고 한들
어찌
이들의 온유함을 이기리오

구구절절함

삶과 죽음의 경계에 선
녹음보다 짙은
목이 타는 매미 울음소리

살아 있는 동안
눈물 흘리더라도
행복했으면 하는 바람

꽃이 피고 져도
기대와 아쉬움에
헤어지지 말자는 애원

단홍색 슬픔 빛깔 물들 땐
다시 태어나리라는
생의 윤회를 위한 이별가

생존 본능

산더미처럼 쌓인
쓰레기 봉지마다
구멍 뚫어가며
새새틈틈 찾지 말고

훔쳐 먹기 선수인
네가
설마, 하룻강아지
범 무서운 줄 모르지는 않겠지

냄새 맡기 선수이니
음식 봉지만 찾아내
어서 먹고
잽싸게 가려무나

★ 마음을 열어주는 그대

아라크네 Arachne

사통팔달의 그넷줄에
매달려 사는 숙명

걸려들 것도 없을 법한
조그마한 여백에
외줄을 타며 어김없이
베를 짜듯 그물을 친다

운수 좋은 날에는
배를 불릴 수 있지만
골탕을 먹는 날이 부지기수다

그물이 끊어질 것 같은
거센 바람에도 아랑곳하지 않고
옷고름 만지작거리며
배 불릴 시간을 기다린다

안 그래도 쫄쫄
배곯아 죽겠는데
원수진 일 없으니
그물망을 걷어차려
흔들어대지 좀 말라 한다

다른 생각

깊어가는 밤
달은 혼자서
하얀빛
색칠에 바쁘고

부엉이는
그 빛깔
사라지기 전에
빈속을 채우기에
바쁘다

★ 마음을 열어주는 그대

나그네

잔잔한 바람결에
가고 싶은 곳 찾아
어느 메나 갈 수 있는
활짝 펴 웃는 구름

식은 보리밥 한술
얼음 동동 띄운 물에 말아
호로록 마시고서
어느새 취기가 돌았나

정처 없이 길 떠나 돌며
주절거리는 걸 보면
영락없는 방랑 시인이다

동경憧憬

헌신적인
어머니의 사랑은
영원히 잊지 못할

애타는
향수병 같은
치유 불가능한

잡히지 않는
몽환적인 그리움

✱ 마음을 열어주는 그대

세월 무상

아직도 팔팔한
여름인가 했더니
아침저녁으론 제법 쌀쌀하고
동구 밖 들녘은
잔잔한 바람과
은근한 햇볕에
노란 물결 춤춘다

이들은 지난날의 영화를
잠시 내려놓고서
동면에 들었다가
다시 깨어나 불타오르겠지만

엊그제까지
활기 넘치던 시절이
갈대꽃으로 물들고
이리저리 흔들리는 신세라니
하마 우리도
계절처럼 돌고 돌아
다시 올 수 있다면 좋겠다

함께했던 그리움

차가운 날에도
어머니의 품속은
포근한 봄날의 따스함

세상에서
가장 값지고 은혜롭고
인자한 통 큰 마음밭

시린 손 잡아주고
지친 마음 덥석 안아주던
아늑하고 평화로운 가슴

언제나 그렇듯이
전혀 식을 줄 모르는
자애로운 마음 잊지 못하네

✻ 마음을 열어주는 그대

나이 들어가며

쌀쌀해진 날씨에
초목이 움츠러들며
먹을 것을 더는 풍족하게
먹을 수 없어
단풍 들어 나뒹구는 잎사귀들

이곳저곳이
머리에 털이 빠지듯
텅 빈 곳이 많아지고
빈 시간 또한 많아지네

멈칫멈칫 머뭇거리며
성글게 살아온 세월처럼
지나간 시간이
그러고 보니 아쉽고도 그립네

화합의 시간

내일은 한가위
무거운 둥근달이
내려앉은 소나무 가지
휘늘어져 하늘거리고

달님이 이루어 주겠지 하는
꿈에 부풀어
달나라행 로켓에
소원을 실어 보내고서

기다리다 지쳐 잠든 아이
잠결에 소원을 이루었나
천진난만하게 웃는 모습
참으로 곱고 예뻐라

입이 쩍 벌어지게 정성 들인
아침 차례상의 풍성함에
온 집안에 들썩들썩한 웃음소리
조화로운 가을처럼 풍요롭다

바람아 바람 바람

말씨의 열매

시절 또한 그에 순응하며
삭막함에서 푸름
푸름에서 풍요를 거쳐
삭막함으로

온갖
기적을 일으키는 말본새

물레방아 돌 듯 돌며
기적을 일으키려면
오는 말이 고와야
가는 말이 곱듯이

늘 고운 말로 시작해
어제보다 더 나은
오늘을 살아가라 하네

참새의 암호문

낙엽 쌓인 거리에 나붓이 앉아
무엇을 쪼아 먹는듯하다
모스 부호를 짹짹 짹짹
주거니 받거니 하더니
일시에 푸드덕 날아간다

먹거리가 풍성한
황금 광맥을 찾았나
이곳저곳에서
군단을 이루어 날아든다

방앗간 주인이
잠시 비운 사이에
참새떼가 질펀하게
추수 감사제를 여는지
큰 마당이 비좁은 듯
들썩들썩 짹짹 요란하다

지레 걱정

별로
심각하지도 중요하지도
않은 일에
애써 힘들어하지 마

지금처럼
그저
흔들리지 말고
마음 편히 생각하고서

가볍게
마음 놓고 웃어봐
아무 탈 없이
금방 제자리로 돌아올 거야

보고 싶은 얼굴들

별수 없어 떠나온 고향
아들 내외 손자와 손녀
출근하고 혼자인 시간
가고파도 못 가는 고향
'전원일기'를 보는 것을
낙으로 삼고 살 수밖에

이 겨울철 고향 마을의
복지관은 웃음꽃 피어
시끌벅적 요란스럽고
찐 고구마에 물김치로
요기하느냐 바쁘겠지
가고프고 보고픈 고향

어머니 마음속 깊숙이
늘 머무는 고향 생각들

변명이랍시고

가장 가까이 있어도
멀고도 머나멀게 떨어져 있는 듯
도통 볼 수가 없다

가끔 볼 수 있다면 부끄러운 일도
조금은 덜 저지를 것 같아
고개를 돌려 봐도
모로만 돌아가니 그만 포기하려다

궁리 끝에 앞에도 두고
뒤에도 두면
볼 수 있겠다 싶어
그리해 보았더니

제대로 볼 수가 없고
본다 해도 속마음까진 알 수 없으니
별거 아니라 중얼대면서

애꿎게도 거울 탓을 해보지만
그게 어찌 거울 탓이겠는가
자신 탓을 해야지, 안 그러나

행복의 토끼풀

행복이란 세 잎은
찾지 않아도 잘도 보이는데
행운이란 네 잎은
눈 씻고 찾아도 찾아도
꼭꼭 숨어 버렸나 보이질 않는다

토끼야, 토끼야
너의 동그랗게 커져
파래진 왕눈으로
네 잎을 찾아 줄 수 있겠니

아니, 눈에 잘 띄지 않는
네 잎을 찾지 말고
고운 은가락지와
고운 은목걸이 걸어줄
그미를 찾아봐요
그게 가슴 벅찬 행복이잖아요

때론 힘들어도
까칠하게 굴지 말고
살갑게 마음을 나눠봐요
가슴 깊이 행복이 파고들겠지요

돈錢의 속셈

눈 씻고 부릅뜨고 보아도
싫어하는 사람은 없다

적당하게 가지고
오순도순 살아가면 분란이 없으나
무일푼이면 너무 힘들고
풍족하면 풍족한 대로
서로 더 차지하겠다고
그놈만 무작정 쫓다 보면
싸움질로 패가망신하니
그놈 참으로 요망스럽다

나서 죽을 때까지 동고동락해야 하니
없어서는 안 되는데 뜻대로 되지 않으니
있어도 걱정, 없어도 걱정이다

이나 저나 살아가는 동안
그만한 게 없으니 별수 없이
함께 가야 하니, 일할 수 있고
일한 만큼 벌 수 있다면
참으로 좋겠으나
그리되지 않을 때가 많으니 이를 어쩌랴

작은 행복

우연이 어디 있나
필연이기에 생면부지이면서도
서로 만나 사랑하는 것 아닐까

어찌 보면
우연인 것 같아도
기실其實은 다 필연일 거야

우연은 파도처럼 부서지는 허수虛數
필연은 바위처럼 단단한 실수實數
우연이란 말은 말쟁이의 말장난

로또 일등 당첨이 우연이라면
필연은 늘 몸에 걸친 옷으로
가까이 있어도 미처 느끼지 못하는
일상의 행복일 거야

면이 어때서

종친회장 할아버지
직계 자손이
문중 일에 등한하다며
종친 볼 면목面目 없다 하고

풍치를 앓고 있는 할머니
배가 출출해 살강에
삶아 놓은 면麵을 보고서
푹 퍼지지 않아 싫다 하고

성질 급한 할아버지
이때다 하고서
면面을 세우겠다며
할머니를 닦달하니

그 새에 낀 어머니
안절부절못해
위기를 면免 해보려
면만 뚫어지게 내려다보고 있다

향기에 취해

칠월의 하늘 아래 하얀 치자꽃
분 냄새 향기로워 발길 멈추고
코끝을 킁킁이며 조금이라도
여유를 느껴보려 눈을 팔았네

물릴 것 같은데도 물리지 않는
꽃향기 병에 담아 방에 두고서
바람이 불어오면 살짝 열고서
여유를 느끼려고 코를 팔았네

✻ 바람과 바람 바람

치자꽃 연가

세월이 멈추었나 했더니
기나긴 밤 앓던 소리
부딪쳐오는 바람결에
자꾸 들려오더니
신열에 하얗게 멍든 영혼

터질 듯이 뜨겁게
타오르던 심장
밤새워 쑥쑥 커
우쭐대며
활짝 피어나 향 내음 풍기며
신기루처럼 설렘으로 유혹하더니

청초한 푸른 잎은 변치 않고
백발은 금세 누렇게 변해
아련히 떨어지고
장인匠人의 부드러운 손길은
맑은 향기를 품어내는
포도주잔에 잎 맞추게 해

제목 : 치자꽃 연가
시낭송 : 박영애
스마트폰으로 QR 코드를 스캔하면
시낭송을 감상할 수 있습니다

바람 바람

앞서거니
뒤서거니 하는 바람
태초부터 있었지

낯을 간질이는 바람과
그만 멈추길 바라는 바람

바람이 크건 작건
바람대로 되지 않으면
만족할 수 없으니

어느 바람에
장단을 맞추어야
바라는 대로
바람을 이룰 수 있으려나

✳ 바람과 바람 바람

냉면 있슈

후텁지근 짭짤한
소금 바람에 지친 몸

얼음 동동 뜬
오이냉국에
밀면 그릇 속 맛깔스러운
영양 만점의 갖은 고명
여름날의 식도락

펄펄 끓은 몸을
시원하게 식혀주는
옹골차게 기쁜 즐거움

노을빛 냉면은
더위를 꿀꺽 삼켜버리는
힐링을 위한
보약 중의 보약

매미의 외침

수많은 날을
홀로 외로이
뭉그적거리던 그리움

낡은 옷 벗어 놓고
하늘을 우러러 고래고래
읊어 대는 그리움

기나긴 질곡의 수행 끝에
득도의 기쁨도 며칠뿐인
뭉글뭉글한 그리움

작열한 햇볕에도
풋풋하게 외쳐대며
그리운 임과
운우지락을 맛보고서
삐뚤삐뚤 허위허위 사라졌다
늦은 귀가를 꿈꾸는 그리움

본디부터

기대와 설렘이 자라던
젊은 날에는 마음을
활짝 열어두었어도
들리지 않던 마음의 소리

욕심이 과하니
실수가 실패와 겹치더니
조금씩 버리니
가느다랗게 들리는 마음의 소리

지천명이 되어
이것저것 가려가며
분수를 알아가니
아름답게 들리는 마음의 소리

천수를 누르려면 웃고 웃으며
무엇이든 긍정하며
너그러운 마음으로 공존하면서

아스라이 들리지만
마음의 소리에 귀 기울이려는
마음자리를 넓히려는 일념이 아닐까

아이고 혈압이야

당치도 아니한
몹쓸 악한 말에 오르고
부드럽고 선한 말에
정상으로 돌아오는 너

오르랑 내리랑 한들

그들의 마음속엔
너 따윈
안중에도 없으니

스스로 관리할 수 있게
날마다 한바탕 크게
웃고 웃을 일 많다면
참말로 얼마나 좋을까

바람과 바람 바람

바람과 바람 바람

아버지는 내게
친구가 자꾸 바람을 집어넣어도
무시하고 내 바람대로 하라 하고
어머니는 내게
너의 바람대로 하는 일이
정말 잘 되길 바란다고 한다

누나는 내게 작은 상자를 묶을
두 바람의 줄을 가져오라 하고
형은 내게 바람이 차니
바람막이 옷을 입고 다녀오라 한다

이웃집 아주머니는 엄마에게
영자와 영식이가 바람이 잔뜩 들어
간밤에 줄행랑쳤다 하고
공부하는 내게, 막내는 징징대며
자꾸 나가 놀자며 바람을 넣는다

바람, 스쳐만 가는 바람 아니기에
그놈의 바람을 어떻게 해야 할지
잘 아는 사람 어디 없소

가을 풍경 하나

때 이른 갈잎 편지가
도로변 우체통에 한가득 쌓여
무작정 주인을 기다리지만
온종일 기다려도 찾아오는
사람 없어 애처롭다

예쁜 단풍잎 편지였다면
후딱 찾아갔을 것을
사람의 마음이
이리도 간사한 것을

억새와 갈대가 갈잎을
대신하여 밤낮을 가리지 않고
애절하고도 애절하게 운다

파란 하늘은 그 심정을 모르는지
샛말갛게 웃고 구름은 바람 따라
한가로이 흘러가는 것을 보니

서걱대는 갈대와 억새의
처량한 울음소리
애잔하게 귓전을 후빈다

삶의 즐거움

음악과 춤이 없는 세상은
고통스러운 황량한 사막

나락奈落의 길로 이끄는
험상궂은 악마들의 손길

음악과 춤은
천국의 문을 여는
천사들의 아름다운 날갯짓

더위 처분處分

가을이다
무덥던 여름이
처서에 물려주고 간 자리

귀 그물에 걸리지 않는
풀벌레 소리 시원하고
눈 그물에 걸리지 않는
바람 소리도 시원하다

매양 하늘이 청아하다
올가을
먼 길 가는 나그네
배곯을 일 없겠다

당연히 풍년들 것이니
곱게 분단장한 들과 산에서
삶을 한껏 만끽하고 싶다

중년; 인생의 거울

대추 사랑

제 후대가
온통 대지를 뒤덮을 듯
가지가 휘어지도록
엄청스럽게 열렸다

쭈글쭈글 못생겼어도
조상들이 워낙에 좋아해
제상祭床에
단골손님으로 오르는 너

아마도
자손을 주렁주렁 낳아
가문家門이 번창하길
바라는 간곡한 뜻에서

너를 귀한 손님으로
대접해 주니
너도 싫지는 않겠다. 그렇지

풍년 기원

가득 차 있을 것 같은데
텅 빈 것처럼 퉁 퉁 퉁
그 소리 청아하다

벌려 놓고 보니
불그스레 꽉 찬 속
게미 지게 보여 군침이 확 돈다

푸르스름하던 들녘도
노르스름하게
변해가는 걸 보면

가을 들녘에
먹음직스러운 뭔가가
한가득 담겨있을 것만 같아
기쁜 마음으로 기다려보련다

✱ 중년; 인생의 거울

성공하려면

정상에 올랐다
흘린 땀 덕분이다

그와 더불어 행복을 얻는다
그가 바람에
흔적 없이 사라졌다

또 다른 고지를
오르기 위해
그와 함께 다녀야겠다

끊임없이 흘린 뒤
큰 즐거움 얻으리니

가을날처럼

청아한 바람에
흰 구름
몇 조각 흔들리는
높고 청명한 하늘

아스라이 멀고도
넓디넓은 들녘
옹골찬 자루처럼
풍요로움도 깊고 깊다

나뭇가지에 걸린
붉은 구름 몇 조각
긴 전짓대로 따
어머니께 맛보이고 싶다

이 빠져 홀쭉한 얼굴
풍성하게 오물거리며
빙그레 웃음기 도는 모습
어서 보고 싶어라

건너뛴 고향길

바람은 자유롭게 나르고
구름은 바람 따라 흐르고
인간은 자연법칙에 따라
더불어 살아가야 하기에
길흉화복을 감내하면서
희로애락 따라 울고 웃죠

한가위라지만 코로나에
모두의 안전이 먼저라서
불효라 해도 어쩔 수 없이
벌초 또한 남에게 맡기고
고향도 성묘도 못 갔지만
조상께서는 이해하겠죠

허투루 한 빈말 아니오니
늠렬한 환란 지나간 뒤에
곧 찾아뵐 게 노여워 말길
애써 빌면서 인사 올리니
조그만 참고 편히 계셔요
조상의 얼 잊는 적 없어요

중년; 인생의 거울

중년의 삶처럼
여물고 기름지든 가을

차면 비우듯
다 비우고서

외롭지만
외롭지 않은 듯

시련의 날을
묵묵히 순리에 따르며

무소의 뿔처럼 홀로
꿋꿋하게 버텨내는 저력

남은 미련

어두운 밤하늘엔
많고도 많은
빛나는 별들의 세상

별 하나마다
희로애락애오욕으로 엉킨
수많은 사연 있다기에

별 하나에 뭉친
실타래를 풀어내는 사연을
잠결에 듣다 보면
어느새 어둑새벽

도돌이표 같은 삶에
동쪽 하늘에 걸린
어두운 얼굴의 그믐달로
다가오는 그대

한가위 보름달처럼
환한 얼굴로 벙긋 웃으며
찾아온다면 더 좋으련만
아쉽고도 아쉬워라

제목 : 남은 미련
시낭송 : 박영애
스마트폰으로 QR 코드를 스캔하면
시낭송을 감상할 수 있습니다

견주어 보니

한가락 한다는
구년묵이가
실수했다고
야단법석이라고

그도 사람인데
실수할 때 없겠나

말자루 잡고서
제 말만 옳다고
말참견 못 하게
막아서니
큰일 낼 줄 알았지

뭘 그리 대단하다고

※ 중년; 인생의 거울

소리의 낟가리

허상과 망상을
떠나보내려는
한밤중에 부는
잔잔한 바람 소리에

처마 끝에
간당간당 매달린 풍경이
꿈결에 몽롱하게
흔들려 깨어나고

홀로 밤길 걷는 나그네의
발자국 따라오는
소음이라 여기던
그윽한 풀벌레 소리가

하찮기만 하더니
내 마음속의 소리로 들리니
가을은 날 사색으로 내모는
특별한 재주가 있나 보다

몸에 밴 절약

한쪽 다리 부러져
접착제로 붙이고
반창고로 동여맨
노인 안경 돋보기

치부책을 펼칠 때면
매서운 매의 눈眼이 되어
주고받는 외상값을
빼고 더하는 것을
감시 감독하는 일꾼

자린고비는 아니지만
부러지고 헐어 침침해도
함부로 버리지 못하는
몸에 밴 미련
어쩔 수 없어라

★ 중년; 인생의 거울

만남의 가을

국화 향기 스민
진한 커피를 마신다

두 향기의
어울림이 좋아
맑은 미소로 화답한다

만남에
부드러운 말의 맛
향기가 느껴질 때

운명처럼
다가오는 것이
인연의 고리 아닐까

무엇보다

가을 문턱은 붉다
영근 열매
연지 볼보다 붉다

가을꽃인 단풍보다
더 아름답고 붉어
삼키는 침마저 붉다

붉음이 없는 가을
팥 없는 찐빵
상상하기조차 싫다

＊ 중년; 인생의 거울

부질없네그려

몇 안 되는
깨복쟁이 친구 중에

누구는 교통사고로
암으로 치매 등으로
저 먼 곳으로 가버렸다고

손가락 굽혀가며
시어 보면
뭘 어쩌겠다고

시방 남아 있는
친구를 시었다면
하마 다 시었겠다

* 시다 : '세다'의 방언
* 시방 : '지금'의 방언
* 하마 : '벌써'의 방언

막핀 꽃

늦을 때란 없다지만
때를 맞추지 못하고
무슨 미련 남았다고
다시금 찾아와
떠난 임을 그리느냐

반가워하는 사람 없이
홀로 흔들리며 피어나
그저 외롭기만 할 텐데

그러니
급물살에 휩쓸리듯
친구와 얼싸 절싸 함께 오려무나
아름다운 날들과
아름다운 사랑을 위해

✽ 바람아 너는 알고 있어

추억 저편

산골 물 졸졸 흐르는 소리
먼발치에 봄이 오는 소리

길다면 길고 짧다면 짧은
계절과 계절의 틈새 사이

지루할 것 같으면 어느새
새로운 계절로 변하지만

계절은 본디 차이 없건만
추억을 만들려는 욕심에

가는 것인지 오는 것인지
모르게 지나 가버린 시간

무등산의 가을

형형색색으로 물들고
겹겹 층층이 쌓인
너덜겅이
시루떡 선물을 주고

천만 가지
상념에 빠져들게 하는
오색단풍과
받아 든 시루떡에

욕심을 버무려
꿀꺽 삼켜버렸으니
어찌해야 할까나
꾸물거리는데

저만치서 반갑게
나불대는 억새의 손짓에
그만
오만가지 생각을 내려놓고
흥에 취한 걸음걸음 가벼워라

* 중년; 인생의 겨울

개똥밭에 굴러도

오라 할 때는 오지 않더니
그만 오라 해도
못 들은 척
아랑곳하지 않는 심술

우리 힘이
미치지 못함을 알고
우리를 농락해도 속수무책

달나라를 갈 수 있어도
전지전능한 신神이 있다 해도
자연의 길흉화복을
다스릴 수 없는 허상일까

가장 낮은 곳으로 내려앉아
발버둥 치고 버티면서도
그래도 살아갈
가치와 맛과 멋이 있는
세상은 요지경 속

카톡 중독

마땅한 소일거리가 없어
시간을 보내려면
상대방을 의식하지 않고
시도 때도 없이 카톡~ 카톡~에
정신이 팔려
한 시기 날밤을 지새우기도 한다

누구나 한때 무언가에 홀려
무기력해졌다가도
얼마 지나면
곧장 제 자리로 돌아와
제 할 일을 다 하듯이

한눈팔지 않고
두 눈 부릅뜨고
밥벌이에도
이처럼 몰두할 수 있다면
이루지 못할 일 있을까

믿고 기다려보는 것도 괜찮겠지

★ 날씨는 돌아動詞다

너는 보았니

봄날은 무지개
눈 이불속에서 매화 일어나고
민들레 쫑긋 솟아나
산수유 생강나무와
노랑 이야기에 빠져들고

개나리 출렁거리니
수선화 덩달아 수줍어 웃고
인기 많다 썽긋대는 진달래와
바람 따라 조잘거리니

마른 가지가
기지개를 켜고서
샛노란 옷을 입고 나와
무상한 세월을 되돌아보니

바람난 봄이 살아보겠다고
만물을 유혹하며
입방아 찧게 하는 사연들을
풀밭 속에 감쳐두고 눈웃음치더라

날씨는 동사動詞다

예보로는 기온은 높겠으나
종일 시원한 서풍이 불 거라더니
저 혼자 신이 나서
궁둥잇바람만 일어
아침부터 찜통이다

불볕 같던 한낮이 기울자
호랑이와 여우가
혼인 잔치를 하려는지

끓은 냄비 같던 쨍쨍한 하늘을
잠깐 사이에 먹구름으로 덮더니

우당탕 시끌벅적한
농악 놀이가 벌어져
수박화채 같은 시원한 맛에
답답함이 사라지고
그만 힘이 불끈 솟는다

날씨는 동사動詞다

눈물 많은 노년

젊은 날에는
무덤덤하더니만
늙어 힘 떨어지니
감성이 더 풍부해졌을까

나쁘고 좋은 일 가리지 않고
듣거나 보거나 할 때마다
헤퍼서
얼굴을 흥건하게 적시는 것은

지난날 망나니 같던
생각과 행동에 대한 반성의
휴화산이 분화噴火한 것일까

세월이 늙어가니
지구 온난화 현상처럼
늙은이의 가슴속에서 잠자던
뜨거운 용암과 화산재의 분출일까

웃음의 힘

서두르지 말라
갑작스럽게 몰아 먹는 밥은
얹히기 일쑤다

보라, 황소가 온갖 어려움에
발걸음 힘겨워 씩씩거리면서도
느긋하고 의젓하게
웃으며 제 몫을 다하는 것을

우리 몸에 좋고도 좋다는
웃음의 힘을 믿고서

힘들고 괴롭더라도
하던 일 하면서
짓밟히고 짓밟혀도
꺼병이처럼 까닭 없이

들썽들썽 헤헤 웃고
또 웃어가며 살아간다면
사는 재미가 쏠쏠하지 않을까
외쪽 생각에 허허실실 웃어 본다

겨울은 인숭무레기

겨울은 오일장 장돌뱅이
이곳저곳 기웃거리며
성엣장처럼 떠돌면서

형색도 가지가지라서
험상궂다가 방긋 웃고
방긋 웃다가 험상궂고

봄날을 막 밀어내면서
괜히 성질내 훼방 놓고
결국 봄날에 양보하는
갈팡질팡하는 네 심중

도통 헤아릴 수가 없다

나무의 겨울

푸른 희망으로 올랐다
오색 물든 이별로 가건만
기꺼이 자신을 희생하는
불굴의 정신, 참으로 장하다

그 아까운 것들을
붙잡아두려 하지 않고
훌훌 다 떠나보내 버리고
홑바지 차림으로
한 치의 흔들림도 없이
설한풍을 이겨내는
불굴의 힘, 참으로 장하다

물욕을 탐하지 않은 것
있으랴만
아무런 욕심도 두려움도 없이
그저 현재에 만족하고자 하는
치열한 몸부림, 참으로 장하다

✱ 날씨는 동사動詞다

한겨울 추억

얼음처럼 차가운
달 안개 핀 이슥한 겨울밤
누이가 시린 손 호호 불며
달큼 매콤한 배추꼬랑이를
정갈하게 씻어 오면

아랫목에
옹기종기 둘러앉아
출출한 허기를 달래려
아삭아삭 씹어 먹던
배고픈 설움 생각 나는 추억들

먹을거리 부족해도
오순도순 살갑고 정겹던
그 시절의 동기간同氣間이
가슴 아리게
퍽이나 그립고 그리워라

호호 부는 입김

봄 여름 가을에
맺힌 한의
눈물 콧물이
눈 서리 되어 온다

서럽지 않아
울고 싶지 않아도
들도 산도 강과 바다도
윙윙거리며 운다

겨울은 울면서 온다
차갑게 울지 않는다면
겨울다운
겨울이 아닌가 보다

★ 날씨는 동사 動詞다

해로偕老

세상이 아무리 변해도
변하지 않겠다고
다짐한 부부 사이 언약

모진 인고의 세월 따라
변하게 되는 건지
우리도 꽤나 변했구려

늘 웃던 얼굴을 찡그려
잔주름 늘어만 가
정말 미안하고 미안해

서로 욕심을 내려놓고
한 치 흔들림 없게
외쪽 생각과 담쌓아요

제목 : 해로
시낭송 : 박영애
스마트폰으로 QR 코드를 스캔하면
시낭송을 감상할 수 있습니다

✱ 허허, 참 그렇네

설날 안팎

평소보다 너무 일찍 일어나
차례를 지내고 나니
졸음이 막 쏟아진다

차를 마실까 하고
부엌에 가보니
아내는 보이질 않고
산더미처럼 쌓인 그릇

살며시 설거지를 끝내고
텔레비전을 보며
차를 마시다 그만 잠들었다가
깨어나니 해가 중천

기척 소리 내지 않고 있는데
과일 접시를 가져온 아내
'당신' 고마워요

뭘, 요 며칠 전부터
'여보'가 고생 많았지
오늘 점심 저녁은 알아서 먹을게
좀 편히 쉬어요

허허, 참 그렇네

삶이 고단하다고
너만 그런 줄 아니
나도 그렇다

그 어떤 어려움도
부대끼며 버티다 보면
언제 그랬냐는 듯
눈 녹듯이 녹아내리니

슬프거나 즐겁거나
그냥 웃으며
흥얼흥얼 노래 불러봐
언제 그랬냐는 듯

막힌 명치가 스르르 풀어져
마음이 홀가분해지잖아
사람 살이 다 그렇고 그래
다 마음먹기 나름이여

허허, 참 그렇네

허수아비

무슨 영화를 누리겠다고
두 팔 벌리고 서서
말없이 앞만 응시할까

폴짝 뛰어오른 메뚜기와
낯을 간질이는 바람과
벗이 되어 노닥거릴 수 있어
외롭진 않다고 한다

풍년 들었다고 해도
수고에 칭찬 한마디 없이
벼에 섞인 피 뽑듯이 뽑아내도
불평불만 없이 그저 의연하다

다음 해에도
여전히 그 자리를 지켜낼
허수의 아버지로 인해
풍년들겠지만 참새는 늘 고프다

의연毅然한 마음

어린 날의 동화 같은
이야깃거리를
집집이 배달 다니랴
꿈아, 참, 피곤하겠다

눈꺼풀이
한참 무거워지는 순간
우리는 하나가 된다

좋지 못한 이야깃거리에는
개꿈이라며 시큰둥하고
좋은 이야깃거리에는
용꿈이라며 즐거워한다

이런저런 꿈 가릴 것 없이
지나고 보면 그렇고 그런 것이
우리 삶에 동반자인 희로애락 같다

다만, 어떤 꿈일지라도
늘 함께 할 수 있어
생의 애환에 일비일희
연연하지 않게 하니 더 좋다

잊지 못할 그리움

어머니 품속은
매서운 겨울날의 햇볕

세상에서
가장 보배로운 요람

시린 손 녹여주는
가슴속에 지펴 놓은 모닥불

영원히 식을 줄 모르는
자애롭고 따사로운
은혜 잊지 못하네

허허, 참 그렇네

새로운 반만년을 위한 다짐

지난 수천 년의 모진 풍파에도
으스러지지 않고 생사고락을 함께한
우리의 혈육 동해의 붙박이
신비롭고 오묘하게 빛나는

생명이 샘솟는 쪽빛보다 더 진한 청잣빛
대한의 영지 동해를 지키는 최후의 보루
우리 과세 주권에 따라
수출세를 납부하고서 가져간 강치를 잊었나
아니 까마귀 고기를 먹었나 오리발을 내밀게

너를 탐하는 딸깍발이들의
개소리 괴소리에 울렁증 도지나
다시 불 밝힐 새로운 오천 년의
알 불 꺼지지 않도록

그 누구도 집적대지 못하게
일거에 그냥 격파할 수 있도록
우리 목숨 다할 때까지
손 맞잡고 뜻과 힘 하나 되어
애오라지 영원히 지켜 줄게

* 허허, 참 그렇네

지치거나 외로워 말고
괭이갈매기의 정겨운 응원의 외침과
철썩이는 파도와 푸른 바람이 들려주는
우리 가락 해금과 아쟁 소리 벗 삼아

마냥 유유자적 무사無事히 잘 지내면서
홍익인간의 대동 세상을 함께 열어가며
영원히 태극기 휘날리자꾸나

* 딸깍발이 : 일본 사람을 낮잡아 이르는 말.
* 개소리 괴소리 : 개 짖는 소리와 고양이 우는 소리라는 뜻으로,
　　　　　　　　조리 없이 되는대로 마구 지껄이는 말을 속되게 이르는 말.
* 알불 : 무엇에 싸이거나 담기지 않은 불등걸.
* 애오라지 : '오로지'를 강조하여 이르는 말.

진실과 거짓

침대는 과학이고
민들레는 홀씨라고들 한다

과학기술로 침대를
만드는 건 맞지만
홀씨가 아닌 풀씨 꽃
민들레 꽃씨 바람 따라 날아간다

틀리고 맞고를 떠나
머리에 꽉 박힌 고정관념을
변화시키기란
하늘의 별 따기만큼
어렵고도 힘든 일이다

설령 진실을 알았다고 해도
천지개벽과 같은 획기적인
큰 깨달음을 경험함으로써
비로소 차츰차츰 바뀌어 갈 뿐이니

첫 단추를 제대로 끼는 것이
중요하다는 생각이 들곤 하더이다

어머니와 비녀簪

임금의 아들이 아니라서
우리 집 왕세자의 부인인
어머니 봉잠을 꼽지 못했다

혼인해서는 백옥 비녀를
자식을 몇 낳고서는
정절의 상징인 매죽잠에 정들고

할머니 먼 곳에 오르니
왕비로 등극해 용잠을 꼽아야 했지만
할머니의 옥호도잠을 꼽았다

선대부터 내려온 귀물
손때 묻는 백옥 비녀
매죽잠 옥호도잠
이제는 세태가 변해
안방 문갑 속에 갇혔다

비녀를 꼽고서
선대의 숨결 다시 느끼며
살아갈 날 있으려나 아쉬워라

허허, 참 그렇네

살가운 한마디

너는 아버지보다
더 잘할 수 있어
그러니 명심하거라

후레자식이란 말
듣지 않게
'언행을 진중하게 해야 한다'라는
간절한 당부의 말 한마디

귀에 딱지가 앉도록
듣고 듣던 그 소리
이제 기력이 쇠약해져 버린
어머니의 당부를 들을 수 없으니

그 소리 듣던
그때가 그립고 그리워진다

바둑과 인간사

흰 돌 검은 돌
서로 이기겠다고
아귀다툼하며
인내심을 한껏 발휘한다

인생살이 같은 바둑 두기
찰나의 순간 헛발질에
실수하고 헛디디고 하길
몇 수나 되는지 셀 수 있을까

지고 이기는 것
마음대로 못 하지만
한 수를 졌더라도
다시 시작하면 되는 것

361개의 점 하나하나에
깃든 무궁무진한 묘수
희로애락과 흥망성쇠가 달린
인생의 여정을 닮았어라

안부 다짐

절기 따라 고주알미주알
안부를 물으며
너스레를 늘어놓으면
그냥, 마냥 잘 지낸다며
고맙다고 건성으로 답한다

새날 아침 10시쯤이면
어김없이 걸어오던 전화가
여러 해째 오지 않는다

섣달그믐인 오늘
전화를 걸어야겠다고
다짐했건만 할 수가 없다
곁에 있을 때 돈독하게
잘 대해 주지 못한
옹졸함이 되살아나서 부끄럽다

지금 어울릴 수 있는
벗에게 새날부터는
간간佈佈히 살갑게 지내고자
안부를 물어야겠다

✱ 허허, 참 그렇네   122

부족하기만 한 효

아침이면 날이 궂어
해가 뜨지 않아도
동녘을 향해
두 손 모으던 어머니

그 손으로
머리를 쓰다듬어 주며
'너는 다 잘될 거야' 하며
기를 불어넣어 주는 어머니

평생 잊을 수 없는
부드럽고 따사로운
햇살 같은 손길

그 덕에
잘 사는 것을 알면서도
어머니를 위한 효는
마냥 부족하기만 하더라

허허, 참 그렇네

웃어야 꽃

활짝
웃지 않는 꽃을
본 적 없다

하물며
꽃 중에
꽃이라는 낮꽃이

찡그리고 있다면
어찌
꽃이라 말할 수 있으랴

■ 애매한 낱말 풀이

간간衎衎히	기쁘고 즐거운 마음으로.	122p
강울음	눈물 없이 우는 울음, 또는 억지로 우는 울음.	22p
게걸스럽다	몹시 먹고 싶거나 하고 싶은 욕심에 사로잡힌 듯하다.	21p
게미지다	감칠맛이 난다. 특별한 맛이 난다는 남도 지방에 방언	85p
계면쩍다	'겸연쩍다'의 변한 말. 쑥스럽거나 미안하여 어색하다.	36p
구년묵이	어떤 일에 오래 종사한 사람을 낮잡아 이르는 말.	91p
궁둥잇바람	신이 나서 궁둥이를 이리저리 마구 흔드는 기세.	103p
꺼병이	옷차림 따위의 겉모습이 잘 어울리지 않고 거칠게 생긴 사람을 비유적으로 이르는 말.	105p
늠렬하다	추위가 살을 엘 듯이 심하다.	88p
들썽들썽	가라앉지 않고 자꾸 어수선하게 들뜨는 모양.	105p
마파람	뱃사람들의 은어로, '남풍'을 이르는 말.	21p
막핀 꽃	화목이 정상적인 개화 시기인 봄에 꽃이 핀 후 비정상적인 시기인 가을에 다시 꽃을 피우는 현상.	97p
말본새	말하는 태도나 모양새.	64p
말자루	여럿이 말을 주고받는 자리에서의 말의 주도권.	91p
매양	매 때마다. 번번이.	83p
면	쥐나 개미가 갉아서 파 놓은 보드라운 흙.	72p
면장面牆/面墻	담벼락을 마주 대하고 선 것같이 앞이 내다보이지 않는다는 뜻으로, 견문이 좁음을 비유적으로 이르는 말. 집의 정면에 쌓은 담.	43p
명주바람	보드랍고 화창한 바람.	10p
물큰하다	연하고 부드러운 느낌이 날 정도로 물렁하다. (우리말샘)	14p

■ 애매한 낱말 풀이

뭉글뭉글하다	덩이진 물건이 물렁물렁하고 몹시 미끄럽다.	77p
비녀簪	신분에 따라 왕세자비는 봉황무늬 비녀, 왕비는 용무늬 비녀 등을 꽂음.	119p
샛말갛다	매우 산뜻하게 맑다.	81p
선걸음	이미 내디뎌 걷고 있는 그대로의 걸음.	13p
성글다	물건의 사이가 뜨다. 여기저기 떠서 빈 곳이 많다.	62p
성엣장	물 위에 떠서 흘러가는 얼음덩이.늑성에, 유빙.	106p
소소리바람	이른 봄에 살 속으로 스며드는 듯한 차고 매서운 바람.	10p
썽긋대다	눈과 입을 천연스럽게 움직이며 소리 없이 가볍게 자꾸 웃다	102p
아라크네Arachne	그리스 신화에 나오는 베 짜는 명수. 그 기술을 자랑하며 아테나 여신에게 도전하였다가 여신의 미움을 사서 거미로 변함.	56p
외쪽생각	상대편의 속은 모르면서 한쪽에서만 하는 생각.	110p
인숭무레기	어리석어 사리를 분별할 능력이 없는 사람	106p
잔물결	자잘하게 이는 물결.	23p
잔바람	잔잔하게 부는 바람.	34p
잠포록하다	날이 흐리고 바람기가 없다.	33p
정구지	부추의 방언.(우리말샘)	21p
찬웃음	쌀쌀한 태도로 비웃음. 또는 그런 웃음.	23p
하마	바라건대. 또는 행여나 어찌하면.	60p
한추위	한창 심한 추위.	9p
해오라비난초	마치 학이 날아가는 듯한 하얀 꽃을 피우는 난초.	47p
허위허위	손발 따위를 이리저리 내두르는 모양. 힘에 겨워 힘들어하는 모양.	77p

■ 작가의 군말

'생각하는 것이 인생의 소금이라면, 희망과 꿈은
인생의 사탕으로, 꿈이 없다면 인생은 쓰다'라는 말이 있다.

나도 언젠가는 시인이 되어야겠다는
꿈을 소년 시절에는 가졌으나
먹고사는 일에 엄벙덤벙 매이다 보니
인생의 소금이라는 '생각'을 잊고 지내다가

불현듯 썩지 않고, 내 가슴속에 남아 있는
'시를 쓰고픈 생각'이 되살아나
인생 칠십 고갯마루에서 달콤한 솜사탕 같은 꿈인
시인으로 등단 세 번째 시집
"허허, 참 그렇네"를 출간할 수 있어 좋다.

다만 세상을 살아오면서 뭔가를 보고도 내면의 참모습을
알아보지 못하는 우를 범하면서 글짓기를 한 것이 아닌지
존경하는 독자님께서
'소금과 사탕이 빠졌네'라고 할까 두렵다.

끝까지 함께 해주신
독자님의 건강과 행복을 기원합니다. 고맙고 고맙습니다.

허허, 참 그렇네

박희홍 제3시집

2021년 11월 18일 초판 1쇄
2021년 11월 22일 발행
지 은 이 : 박희홍
펴 낸 이 : 김락호
디자인 편집 : 이은희
기 획 : 시사랑음악사랑
연 락 처 : 1899-1341
홈페이지 주소 : www.poemmusic.net
E-Mail : poemarts@hanmail.net

정가 : 10,000원
ISBN : 979-11-6284-330-7